U0501425

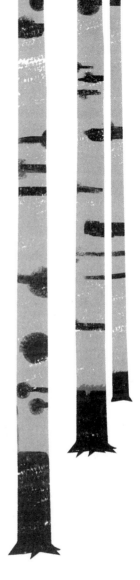

身外之物

张明辉 著

长江出版传媒
长江文艺出版社

张明辉

1975年出生，浙江温岭人。出版有散文集《湖山寂静》《一个人的江南》《江南笔记》《寻觅江南》等。

唯有山水滋养灵魂

张明辉

我为什么写诗呢？源于对诗歌的热爱，这完全出于精神自觉。在碎片化阅读的时代，长篇累牍的书写已变得奢侈，诗歌这个载体更凝练、简洁，能在瞬间捕捉到灵感并记录呈现。

2012年，在本地的一次文学活动中遇见江一郎，他的不修边幅和豪爽个性令我顿生好感。后来，我们经常一起喝酒，一起到山中游玩。熟识之后，隔些日子，我会到他家里坐坐。他爱山水，到山中去，可能是他的一个心愿。那种质朴的情感、对田园生活的歌咏以及对乡村的依恋，在他的很多诗中都有描述，也许，是他的潜移默化开启了我的诗途。

另一个重要的时间节点是2017年3月，得知江一郎病重，要去上海华山医院治疗，震惊之余我写了诗歌《春天就像一场旧梦》："而今，草木葳蕤/花事未了/一样的早春，一样的晴日/春天就像一场旧梦"。此后，直至他离世多年，陆续写了怀念他的十二首诗歌。人是有气息的，如同草木，与气息相投的人交往才有意思。在与他交往的短短六年间，我们结下了深厚的友谊，他成了我不可或缺的良师益友。

在反复阅读中，江一郎的诗歌风格对我产生了明显影响，如《向西》《老了》《玻璃终于碎了》《雪为什么飘下来》等。他的诗歌语言朴素、充满张力，他对身边的事物有着敏锐的洞察力，他的姿态是向下的，在低处甚至更低处。他的诗歌交织着爱与悲悯，无论是写乡村、山水还是自然之物，不断将事物内化，突出命运的隐忧，从而构建多维度的精神图谱。

2016年10月，在漫长的西北行旅途中，在荒凉的戈壁、颠簸的客车、歇脚的旅馆，我匆匆写了一些分行文字，如《壶口谣》《在酒泉》《嘉峪关》《德令哈》《塔尔寺》《额济纳的胡杨林》《鸣沙山》《青海湖》等。视觉上的冲击激发了我的灵感，让我挖掘内心的宝藏："温一壶烈酒/灌上落日的金黄/与连绵的沙丘对饮/风沙洗劫了我的欲望/驼队消失在无尽的荒凉"（《鸣沙山》）。

近十年来，我常去杭城小住，去的地方有西湖、拱宸桥、良渚、龙坞，也常在离住处不远的河边、小树林中漫步，眼前的事物，使我陷入了冥想，陷入了对生活的叹喟与忧思。灵感的火花瞬间绽放，诗句突如其来，因此写下《断桥》《拱宸桥》《运河边的卡秋莎和一只水鸟》《良渚之子》《在龙坞，诗人们谈论新湖畔》《晚归》《在水边》等。"我的面前是一条逆光的河流/河岸边的石头、青草和芦苇停止思考/水被微风带走，漾起波纹的暗伤/不知名的鸟儿潜入水底/灵性的啼鸣响彻虚空/静默的尘世，有我晃动的忧伤"（《晚归》）。

在喧嚣的尘世，人是孤独的。当你真正进入自然的山水，在青草间呼吸，便会产生愉悦、舒展和自由。2021年4月，我写了《一种寂静》："天空蓝得纯净/行走于寂静古道上/我们将身心交还给山林//我们跟起伏的松涛交谈/我们听林间鸟鸣/我们看蝴蝶在花丛翩跹/山间草木禽虫/仿佛失散已久的亲人//寂静古道上/风轻摇着树影/油桐花纷纷落下"。

2019年4月，我和几位文友在雁荡山灵峰侧畔谢公岭脚下觅得一处居所，起名"素履之宿"，一边经营，一边山居。山中小住是我与山水融合的愉悦时光。短短三年半，我写了《灵峰山谷》《雁荡山居》《山中写意》《五月，与诗人小酌》《山居的阿人》等诗。身边的竹林、菜畦、茶园、鸡犬、草木，使我回归到原始的简朴，这是一种无忧与忘我的境地。我就像俗世中的一株草木，与山野交融："在灵峰山谷，云涌了进来/这华丽的云啊，随着微风流动/我该如何用语词形容/这清寂之地，燕子上下翻飞/一团黑色的闪电，瞬间捕获了我/我涉足的山林、溪涧和古道/有鸡鸣犬吠、飞禽走兽/在铺陈鲜花的林荫/我的衣襟沾满朝露/在油桐花瓣落下的一瞬/我是如此地小心翼翼/生怕踩伤了它/我伏低身姿，遍寻落花/目光随流水远足"（《灵峰山谷》）。我留恋于这样的山水，人变得安静，触觉又变得特别灵敏。雁山灵秀，草木丰盈。山间晴雨，乃自然之循环，天地之变幻。当人完成了自我教育，与山水相呼应，与草木同呼吸，便能够体察入微，洞察分明。

人是自然之子，也是灵性之子。是的，是山水滋养了我的灵魂，也滋养了我的诗歌。

2023年7月5日

目　录

第二辑　如此之小

第一辑

山水课

在草原，我失落了一颗明珠

在草原，我失落了一颗明珠
在肥沃的草场上
在牛羊马粪里
和萤虫为伍

鲜花开遍原野
锦绣的天空
和不息的河流
召唤着大地的灵魂

在草原，我失落了一颗明珠
在无垠的天空上
在流光的异彩里
和北极星为伴

篝火点燃激情
静寂的村庄
和散漫的牛羊
回荡着悠扬的情歌
在呼伦贝尔
有多少颗失落的明珠
就有多少个不安的精灵
在石砌的敖包上舞蹈

小芝的冬天

小芝红杉林
养于深闺
猎人的脚步纷至沓来
这个冬天，便多了些
深长意味

一支支箭矢
整装齐发，呼啸着
刺向青空
这是谁的战场
没有硝烟

我循迹而来
在这密林深处
嗅着同类气味
却没有发现一头猎物
从我眼前闪现

狼、山鹰、野兔、河狸、野鸭……
这些曾经活跃的动物
迹杳难寻
只有人类才会到此深山
安营扎寨，恣意妄为

我试图用平静与之对视

湖水幽蓝，然后

将几片云朵纳入囊中

浅薄的口袋

装不下，整个冬天

壶口谣

戈壁，黄沙，灌木
贴地生长的植被
以及偶尔见到的羊群
呈现出无限的荒凉

在临汾的壶口
黄河之水以巨大的能量喷薄而出
我心中的虎豹苏醒
在壶口的上游咆哮
那些披着金甲的将士
业已随波逐流

在龟裂的土地上
日头的影子很长
一头花枝招展的叫驴
等待着逢场作戏的顾客
西北汉子的脸庞
已经接近于黄土
哼几句西北的调调，顺便让
风沙戏弄一下米脂婆姨
这样的日子才不显得单调

在酒泉

在酒泉
这荒凉的戈壁
胡杨将根须触摸冻土
深层的地表，隐藏着时光的暗河

日头在黄昏将落未落
对焦的镜头被不断虚化、减弱
这异域的面容多么严肃
骆驼和日光成为绝佳构图

在时间的容器里
将士们被风沙洗礼
酒和泉水
悬在壶里

嘉峪关

我心中的盐在不断淡化
碱性的土壤生长出胡杨、沙棘、芨芨草……
芦苇在风中压低姿势
棉白的飞絮漫天飞舞

祁连山的冰雪封冻千年
在雄关面前，唯有匍匐才是应有的样子
荒凉的戈壁，连营的号角
兵器与兵器交锋
身躯与身躯激烈碰撞
大漠的风掀起黄沙
将白骨掩埋

天上的流云将光影投向箭楼、角楼、主城楼
外城、内城和瓮城
这样的生命才有变化
关隘上的行走
只是对时间的一种修复

德令哈

从遥远的江南跋涉而来
到这塞外之地，水禽掠过的芨芨滩
在可鲁克湖和托素湖停留
雄性的怀头他拉草原流下两颗泪珠

幽蓝、深邃，是悲伤的代名词
那是海子曾经路过的德令哈
"草原尽头我两手空空
悲痛时握不住一颗泪滴"

当闽越语系的硬性词汇
遇上阴性的咸湿湖水
用食欲打败荒凉
用舌尖满足味蕾

今夜，我穿越空空的戈壁
今夜，我在德令哈的街头徘徊
用湖水洗刷尘土
心地也会变得柔软

塔尔寺

一只鸽子落了下来
停在塔尔寺白塔的围栏上
见过很多鸽子
这一只却触疼了我

宗喀巴大师的脐带滴血处
长出一棵白旃檀树
大金瓦殿的大金塔
为塔尔寺命名

哈达、风幡、转经筒……
酥油灯摇曳的下午
有人匍匐在地，双手合十
用最虔诚的姿势磕着长头

细雨淋湿了菩提树
唵嘛呢叭咪吽
佛教的六字真言
在寺院的上空吐纳

额济纳的胡杨林

广漠的风将我带到这里
这苍天般的额济纳
用星星支起帐篷
用光阴虚构风景

我在黎明中苏醒
四周悄无声息
晨曦勾起了我的欲望
婆娑的光影诱我深入胡杨的领地

骆驼在风中细嚼着叶子
鸟雀藏身在隐秘的叶尖
胡杨龟裂的皮肤裸露在外
根须虬曲　枝叶葳蕤

在偌大的林子里逡巡
我用目光与虚空对话
与骆驼的皮囊对话
与胡杨的亡魂对话

用流沙掩盖伤痛
用落叶卸下伪装
王者的疆土封印已久

寂然的回答是最好的疗愈

千年的光阴恒定着黑色幽默
减损、毁灭与存活
胡杨将黑色的坚果嵌入沙土
墓园般寂静

鸣沙山

温一壶烈酒
灌上落日的金黄
与连绵的沙丘对饮
风沙洗劫了我的欲望
驼队消失在无尽的荒凉

大鹿岛，抵达或者离开

我是从栈台坐轮渡出发的
经过一片汪洋
然后抵达一座岛屿
这是二十多年前记忆残留的部分
如同残留的无数记忆的提纯
点和线是清晰的
人和物也是清晰的
我的脑电波里还有什么却不得而知
是芳草萋萋或是乱石穿空
是帆影点点或是海风扑面
这都不重要了
重要的是我的第六感是愉悦的
那时候还年轻，并且有娇妻相伴
因此，赋予大鹿岛以新的定义
这是一次蜜月之旅
大鹿岛如同梦境里的诺亚方舟
在汪洋肆虐的海上航行
将我带离了现实的港湾
岛上所有的事物都不重要
包括那些被风吹雨淋的摩崖石刻
被巨浪洗劫的鬼斧神工的岩礁
坚挺的岩树，嬉戏的水鸟，攀附的藤壶
我们相互扶持的依偎，树与藤的缠绵

彼此贴心的眼神，以及在心底疯狂生长的浓浓爱意

才是值得珍藏的瑰宝

脑海在虚无中洄流

爱情的鸟巢悬空在峭壁之上

海浪拍打着礁石，沙滩、船只

早已侵袭了我的梦境

我腾空了记忆，再一次将航船转舵

朝着茫茫的时间水域

箭一般驶离了大鹿岛

在稻城

山河的指向暗藏玄机
从海子山的峡谷到稻城
白色的溪流奔涌
不息，如大地的腹语

白云高高在上，从山崖
溢出，如神灵赶路
又好似一匹烈马
驰骋在祖先的故乡

青山湖

临湖而居，推窗
便看见了那个湖泊
那张泛着光的湖蓝的温床
在我眼前晃荡
临水的一侧，一树梅花
探头探脑
这多像一个羞涩的新娘
撩起面纱，温情脉脉地对视
湖水荡漾，雀鸟在枝头跳跃
欢腾，这多像一场春宴
欢娱还在继续，湖水亲吻着
她的额头，她的脸
漾起一抹红云
情欲的种子萌发，梅枝摇曳
只剩下，风的喘息声

灵峰山谷

在灵峰山谷，云涌了进来
这华丽的云啊，随着微风流动
我该如何用词语形容
这清寂之地，燕子上下翻飞
一团黑色的闪电，瞬间捕获了我
我涉足的山林、溪涧和古道
有鸡鸣犬吠、飞禽走兽
在铺陈鲜花的林荫
我的衣襟沾满朝露
在油桐花瓣落下的一瞬
我是如此地小心翼翼
生怕踩伤了它
我伏低身姿，遍寻落花
目光随流水远足

方岩书院

一个人枯坐，冥想
山间的云恣意流动
激流飞溅，肉身变轻
长出一只鸟飞升的念头

观罗汉

在开封的大相国寺
藏马踱着步
背后，霞光在不断加深
一只落单的鸟
在孤寂地飞

藏经阁有无经文
是他的一个疑问
骑车的大师父没有说
蹲在经舍下的
小师父，也没有作答
他正在训斥，那条
朝我龇牙的金毛
它绕着我，作势要扑过来

见过世上的许多菩萨
这里的，也要拜一拜
正中大菩萨，两侧是罗汉
每一尊，都要端详
到罗汉堂转转
藏马说，有一尊像你
此刻，我愣怔了一下

色　达

对我来说，色达还很遥远
是的，当丹增师父说
你把他们带到这儿，十分感谢
虔诚的祝福，也到了这儿

一路追赶，明媚如初的
白云，是我赶去的羊群
我把它们放牧到，你的
必经之途

在你的溪边驻足，白色的
溪流，溅起美丽的陈词
在格桑花开的原野
风，带走了我的嘱托

运河边的卡秋莎和一只水鸟

运河里的运输船在突突驶近
桥下，河水在晃荡
波浪的色彩在不断加深
行道树的倒影扭曲、变形
晃动的碎叶间飞出一只水鸟
它拍打浪尖的声音，恰似
河岸边传来卡秋莎的乐音
激昂、欢快、奔放，水涡旋转
如一朵盛放的水莲
运输船在突突驶近
水上舞者的姿势在不断变换
它在水中沉浮，出水的模样
像极了，拖着
一串长长的尾音

流庆寺

秋阳落在了古寺的围墙上
暖色的光铺开，照着明黄的寺壁
院落祥和，鸟在碎语
老樟树的浓荫，庇护着
来往的香客，耕地的老农
以及诸多山岙里的村民
神灵静默，在庙堂的香火中出没
享用祭品，俯视众生
当黑瓦上的炊烟升起
秋阳下坠，众鸟归林
这时光轮回的斗篷降临
秋风点亮，如水的月色
我的心头闪烁着，一团
明灭的光，以及火焰

良渚之子

这该是最好的结局
良渚烟波里的一块璞玉
我该如何来雕琢你
为你刻下时光的纹理
天降美丽洲，犹如神喻
男人的精气是玉做的
水是肌肤，是女子的柔情

玉琮，通灵者的法器
玉钺，王之权杖
身负翎羽的王肩负着使命
在国中之国，号令族中勇士
种稻，围猎，筑城，修水利

王是统帅、集权者
拥有至高的神力和权力
拥有女人、子嗣和族人
王的权力不容冒犯
天之骄子猎杀一切入侵者

王是玉琮、玉钺上刻着的
神人兽面纹上那个头戴羽冠的人
圆眼獠牙的猛兽是他的奴仆

被驯服者、坐骑

王坐在国中之国，王城宫殿的

座椅之上，他的威仪来自权杖

他的子民在稻田耕耘，在作坊劳作

在独木舟上划着桨，运载粮食和蔬菜

朝着日出的方向，王的目光

坚定，满足，无所畏惧

王的能量在紧缩，最终

成了图腾，一个小小的符号

在龙坞，诗人们谈论新湖畔

在一个叫作龙坞的地方

诗人们来到一间叫作泽雨江南的农舍坐了坐

呷一口九曲红梅

翻读《新湖畔诗选：万物都是亲人》

诗人们内心澎湃，心满意足

然后出屋，转到后山

沉浸在龙坞的山间田头

点点墨痕渲染开去，在起伏的盆地氤氲

自由的鸟儿栖身在远处的树梢

啼鸣闪亮，呼啸着弹出枝头

遁入云雾一般苍茫

诗人们进入了龙坞袒露的腹地

起伏的山峦勾勒出龙形的轮廓

谈论起龙坞的龙井、方言以及胡雪岩的墓地

禅房和农舍隐于龙尾塘的云林深处

隐于远山石径，竹林摇曳的僻野

诗人们在碧水间徜徉

两只游荡的野狗用目光打量着这群不速之客

龙尾塘泛起波澜

在泽雨江南的后园

诗人们高谈阔论，朗诵诗歌

落叶有灵，萧萧而下

隔壁院落的狗也把身躯探出矮墙

茶香里冒出一瓣新绿
在眉梢，在指尖，在掌心的回纹里
一抹淡淡的甘甜涌上心头

拱宸桥

从桥东到桥西
到来，走过，离去
脚步跟运河水一样
匆忙，纷乱，杂沓

灯笼拚在老屋檐
火红，通明，香艳
让人想起秦淮河
让人想起一部老电影

风揪住枯叶不放，金黄
内心滚烫，旗帜在飘荡
一群人在岸边舞蹈
火苗在扑闪

断　桥

夜的迷雾笼罩西湖
断桥，一条蜿蜒的长蛇
横贯在冷寂的湖面上
疏影横斜，流水往事
再也不见许仙和白娘子

寒风掐灭残荷
一对情侣，依偎着
像两只交颈的白天鹅
相互取暖，激情
被淡然的波光
笼罩

韦羌草堂

达摩之剑悬浮于
草堂上空
早起的鸟群在韦羌山谷
先人之地
掠起，惊飞
巨日将千万光影投进山林
金色霞光极目最高处
将冷硬的岩壁焐热
摩天石坐于湖中
枯叶蝶自高空坠落
金丝雀在梦里的花园
吟唱一段最美妙的梵音
鸡爪槭舒展枝叶
在更幽暗的底部，根须握紧
冬日之湖

在洞头看海

在半屏山悬空的崖壁
松树的虬枝指向大海
辽阔的疆域无限延伸
指向海天交合之处
祖父当年的货轮
游牧在我的视野之外

半屏山的躯体是刚性的
它被刀斧斫开
壁立，阳刚
充满沧桑感
半屏山的草木是阴性的
水洗的芦苇
在暮光的布局下
呈现女性的阴柔

作为渔民的后代
洞头的岛屿
隐约使我找到某种关联
海在呼吸，海在神秘地呼应
在小石滩，大海的细部
暗黑的岩礁，涌动着
潮水的喘息声

吉捕岙，有一架钢琴在弹奏

立夏日，去吉捕岙
跟海风交谈

海里不长青草
草原却无限延伸
一万匹白马在海里驰骋
鬃毛飞扬
嘶鸣声不绝

此刻，海仿若一架钢琴
上帝之手隐于无形
黑白琴键跳跃
演绎大海内心深处的秘密

梅雨瀑

旅人啊，行色匆匆
自遥远的异乡归来
回到桑梓之地
洗去一身尘埃
竹影舞动，山林起伏
梅雨悬于虚空
是谁的琴弦在弹奏
一场空灵的乐曲
雨雾氤氲
水墨般的卷轴徐徐展开
羲之洗墨池前一声鸟鸣
恰似走进多年的梦境

方　山

这雁荡山的余脉，方山
始终被我喻为家山
如同家族一脉相承的特质
方正质朴，壁立雄奇

自大溪盘山古道远眺
方山棱角分明
仿若天地之间的一方钤印
刻在东海之滨

方山又好似磁场
吸引八方来客
书院，庙宇，道观
读书，参禅，悟道

文笔峰挥毫
梅雨中，山壑林木生辉
恰似六百年前的那场雅集
至今墨迹未干

后岭花开

显然，春日里的明媚
跟后岭的格桑花有关
这倒勾起了我对草原的思念
从遥远的呼伦贝尔到
温婉的江南，滨海之地
我的故乡，野马般的欲望
在我心底驰骋
多年以前，在黑山头镇
那些摇曳的格桑花开遍原野
火一般的热情并未将我灼伤
多年之后，在城南的山谷
它那娇艳的模样
依旧楚楚动人

郎木寺

一群黑鸦掠过松林

聒噪声不绝

金色殿堂前

阴影无法停驻

唢呐响起，盖不住

林子里僧人辩经的声音

不远的殿堂

一群小喇嘛盘坐

我听不懂他们的藏语诵经

不由合十默念

若尔盖

策马扬鞭，我奔向你

若尔盖

湛蓝的花湖

装不下谁的忧伤

那个放牧白云的人是你吗

若尔盖

野鸭凫水，湖水荡漾

漫天的草色渐已枯黄

风中传来一声长鸣

若尔盖

那是你弯弓射出的箭

杜甫草堂

那日骑车去草堂

路上行人不多

空荡荡的河面

也没有一艘客船

这一路上我在想

杜甫当年来成都

是坐船还是骑马

在草堂提笔写诗

家中有无酒肉

遇上下雨天

茅屋会不会漏水

天凉了

有无裘衣御寒

雇不起用人

会不会做饭

饥一顿饱一顿

依然心系天下苍生

就像一个邻居家孤独的

倔老头

山水课

春山寂静
初阳照进山谷
胸中的潮汐，早已
涌动成一弯淡月
鹧鸪声里，溪流太急
不息的白沫奔涌
藏不住一点心事
它要将列车开往哪儿

草木清越，啼声高远
眉眼铺满霜雪
樵夫放下柴刀
斫下的柴火
足以将炉膛塞满
山行的人早已远足
此刻，唯有空山与我相对
再无一壶热酒可以消磨

朴 谷

我常将自己隐于空谷
聆听内心的潮音
我常将自己放逐尘世
叩问大地的鼓点

行走有多种可能
可以贴近万物
版图辽阔，而心灵的疆域
却在缩小

朴谷，向阳的岬口
石的粗粝与海的质感
鸟的啼鸣与花的芬芳
渗透，后现代主义光芒

乌龙夯的雪

风声，我听见了风声
吹打竹林，呜呜作响
山夯里的天是阴的
漫山梨花都在扑簌
孩子，你那里下雪了吗

我能想象穿着雪地靴
你在积雪上散步的模样
长尾巴松鼠落在远处
顽皮地朝你龇牙
梦境反复出现

婆婆纳，卷耳，蒿草
鸡鸣，犬吠，针叶的声响
外婆家的门前屋后
老屋檐下飞出一只稚燕
草木慈悲，就像一声叹息

其实，我也想去那边看雪
南半球的春天，道路泥泞
山夯里的雪覆满青绿枝头
已经很少有这样的奢望了
若有一天，乌云散尽

在楠溪江

江渚之上，草木丰盈
流水只是过客
它有激荡之心
却从未为谁停留

那些摇曳的水草
无法左右命运
只能使劲摇摆
被流水蹂躏

夕光真好呀
沉浮在水面
明镜碎了
又将如何修复
这晃动的一生

雁荡山居

蝉鸣高亢，炽热
煎熬，无所适从
不如遁迹深山，隐身草木
躲避烈日灼伤和暗箭惊扰
山中自有天地
修筑一道樊篱
阻隔野兽的侵袭
用一室之书
抵御内心荒凉
喝自酿的酒
与清风做伴
如此甚好

冬日入古寺

进山了
我的目光随一只飞鸟
跌落在隋塔的塔尖上
这一刻，山风呜咽
梵音涌入心头

去往国清寺的路途虽短
却耗尽半生
多少次与隋梅相见
却一再错过花期
幽溪的水绵长
而我，依旧在朝圣路上

黄礁岛

我仿佛听见他的唇语
一个诗人在涛声中发言
他的激情如狮虎般咆哮
那些喷薄的岩浆
汹涌而来，乘兴而去
呼啸的风是他的影子
而他的似水柔情
幻化成风，幻化成雨
随日出嬉戏，随日落流转
万千棵树，晃动着碎影
与他共舞
万千朵花，漫山遍野地开
唯有杜鹃在岬角哭泣
那是他失散多年的爱人

遇　见

在山腰上，我们遇见
一位中年妇女
她说以前住在山上
房屋被征用了
给了拆迁补偿
就很少回来
从前黄礁岛是座孤岛
出门要坐渡船
要到海里讨生活
现在这么美的一个地方
就带朋友回来看看
她朝山上走
说着说着就没影了
此刻的我，端坐塘头
左耳听海，右耳听风
那些隔海相望的故事
再也无人提及

第二辑

如此之小

夜　雨

城市里的车流昼夜不息
仿佛忙碌是生活的应有之义
一场突如其来的大雨
几乎掩盖了所有真相
却满足了庄稼和植物的需求
在阳台上泡一杯绿茶
捧读《里尔克：一个诗人》
这算不算清闲抑或沉溺其中
灯火暗示了夜的存在
并且赋予时间以新的定义
亲近书本如同亲近泥土
所有事物都有光鲜与腐朽的两面
用一个词叠加另一个词
每一个分行都要重新编排
当夜莺用激情歌唱玫瑰
灵魂便不再枯萎

纯真年代

如果记忆没有偏差
二十多年前的某个下午
我的影子留在了
宝石山上
如同走失的少年
至今仍在山间游荡

每一次登临
都仿佛是在寻找
每一声鸟鸣
都仿佛是在辨认
哪一个才是真我

我深陷于喧闹的尘世
加速的心跳使我逃离
到宝石山上的纯真年代
与久别的湖山对饮
山风浩荡
失散的另一半
又回到了——
我的体内

秘　密

我无所依
寂寞对着空镜子
斜阳铺满荒坡
照见了我的孤影
临水的一侧
梅花洒落香魂
酒醉的残红

鱼儿在浅水中嬉戏
水草摇动碎影
收留了我的目光
是谁推开了春天的门
借春风渡我
这一场花事未了
水，依然东流

度　外

深谙世事，纷纷扰扰

不如折返山林

借山听雨

世事无常，繁繁复复

万物皆空

不必纠缠

比如在国清寺

古佛青灯，寒山问道

拾得聚柴

一株老梅树

顿生欢喜心

将诸事置之度外

一行至此水西流

羞　愧

一朵花滴着水
悄然滑落
并无多少声息
就像命中注定
归于尘土

我时常感到不安
行走于尘世
并无多少建树
碌碌无为
虚度光阴

一朵花滴着水
悄然滑落
并无多少感慨
就像一声叹息
瓜熟蒂落

我时常感到羞愧
一生的秘密
被一朵花勘破
穷尽一生
皓首白头

哦，雪

镜中的梅花
羞涩地开了
颔首低眉
万千朵梅花开了
颂扬着爱情

春天的雪
赶着马车的雪
带上请柬
去赴一场
极乐的盛宴

春天的信物

在春天的信物来临之前
我试图放慢脚步，一直
退回到自己的内心
雀鸟收拢了羽毛
蚂蚁搬运着新鲜的粮食
进入雪藏的洞穴
此事蓄谋已久
等我收拾好所有的家什
隐藏身世，独守空山
一场突如其来的大雨
浇灭了梅花的火焰
鲜红的唇印纷纷落下
一支响箭射穿了
离群的大雁
春天的来信中途折返

念　想

他说，五蕴皆空
青灯、古佛、黄卷
他用纤指绣出一朵雪莲
白色花瓣，日渐消瘦
他坚守孤贞，在绝望里
滴落，一行清泪

寂静如月夜，莲台灯灭
念想被隐藏起来
他要修来世，匍匐在地
欲念如缠绕的蛇爬行
情欲之花夭折，孤寂
决绝，灿若死灰

手　术

反穿病服，出十三楼病房
然后，推向手术室
护工安慰他，这只是一个小手术
是的，这只是一个小手术
仰面躺在活动病床上，穿过长廊
经过护士站，下电梯，三楼
又是一条长廊，后背贴紧床垫
盯着天花板，头脑空白
此刻，一个护工推着病人
身后跟着他的母亲
过道静悄悄

护工说，家属到等候区等待
母亲驻足，车子缓慢推行
手术室门口，核对身份、吊瓶
静默几分钟，有人报出他的姓名
他就这样平躺着，一动不动
手术室的门开了，一道光亮
无影灯、仪器、医用器械、手术台
足够温暖，就像进入母体
护工完成交接手术，离开
他就这样蜷缩着
是的，这只是个小手术
跟他预期的一样

术　后

吊针、换药、喝水、吃药
上床、下床、散步，钟摆不停
清晨，医生查房、问询
隔天换一个护士
偶尔，有好奇的家属或病人
透过玻璃门窗，窥探他的身影
大部分时间，无所事事
翻书、读诗、看微信，消遣时光

从住院大楼十三层窗口往外
晚霞红紫，云在发光
几里外，温黄平原的最高处
楼旗尖悬于虚空，像一只
蹲在悬崖上的鹰
他曾数次与友人结伴
登高，沿着陡峭山道
攀上峰顶，山风劲吹
此刻，他的思绪游离
翔于天际

我在寻找一场大雪

我在寻找一场大雪
一场能够还原真相的大雪
从天而降，圣洁的光芒
映照在悲喜交加的大地上

当我裹紧厚重的棉衣，抵抗
寒风的侵袭，当我对着
严冬的暴力说"不"
万物都在沉睡

桂　花

那日，见到一位老婆婆

在一株桂花树下张望

仿佛那幽香，令她陶醉

以为是个痴迷之人

便在远处驻足

她神色有些慌张

四处打量，并偷偷

背过手去，遮遮掩掩

就像一个老树桩

背后，一枝桂花

赫然绽放

青　春

再也回不去了
鸟弹出枝头，远遁空山
风，挥舞着鞭子
抽打着，陀螺飞速旋转
蝴蝶般的梦想纷纷坠落
撒落一地的碎屑

他在逃避着什么
又在虚无中重拾幻想
他用坚硬的躯壳行走
劈开丛生的荆棘
却在尘世中破茧
等待梦圆的一刻

挑　刺

她啊的一声
说疼啊
我用银针挑出一根尖刺
细小的尖刺别在针尖
肉眼却看不见
这么多日在肉里生长
她来不及喊疼
粗糙的双手
布满沟壑
只有针尖挑过的地方
长出一点鲜嫩

在潮涌之后尖叫

给你空荡荡的街道
雨后的清凉，灯下的长明
给你长长的拥吻和醉人的缠绵
给你的心湖点上蜡烛
不致在长夜迷失
给你的玫瑰拔去尖刺
得以展示最娇柔的部分
打开了你的粉色花蕊
得以知晓其中的隐秘
沿着你的讲述找到线索
得以探寻记忆的源泉

仿佛失散多年，冥冥中
召唤，彼此熟悉的气息
记忆如同野马，驰骋在
鲜花山谷
驯服了你的烈性
在崎岖的山道前行
你提着缰绳快马加鞭
从一个黄昏到另一个黄昏
从一个黎明到另一个黎明
在潮涌之后
尖叫，窒息
孕育新的秘密

重 拾

月光如雪，鬓发染霜

人生如江上行舟

不经意间，四十多年里程

倏忽而去

时间宛若一面镜子

光滑，易碎

又时而变形，面目可疑

我时常检视自己

那个懵懂少年

以及平淡无奇的青春

被光阴紧紧追赶

沙漏无言，日夜更替

当我重拾梦想

怀揣仅有的自尊

那些曾经的骄傲

都不值一提

酒　后

午夜，酒席正酣
男人们划拳，摇骰
是酒精作用催生了激情
还是荷尔蒙在释放
夜莺亲吻他的脸
他止不住地流泪
一颗少年的心又回来
他在为青春忧伤，还是
陷入某种烦恼
他伏于桌上，头顶
已被霜雪覆盖，此刻
他多像一个无助的孩子
需要母性的抚慰

秋日里遇见

我播下了光的种子

在故园的土里

晃动的水面照见了另一个我

被镜子囚禁

额头，皱纹不断加深

是风的羽翼在亲吻

是鸟的啼鸣推开了波浪

睡莲从黎明醒来

长夜里蜷缩的婴儿

她的光

被一只蚂蚁窥见

遇　见

多么玄妙的相遇
就像两朵云
在某一天不期而遇
就像两只灰喜鹊
在枝头

山茶花开得最艳
你一定要去看
去嗅，含苞待放的
那一朵，从花丛
跳出来

枯 坐

——致洪迪先生

足不出户，枯坐
研读经史子集，兼写诗学
疲惫的眼，偶尔会打量
窗外，以及远山

一只鸽子，从故纸堆飞出
在风中的高檐，孑立
如我般享受孤独
默不作声

天际苍茫，清风呜咽
我在窗前一坐就是三十余年
案台的水仙花开了又谢
远山日渐寂寥，却百看不厌

鸽群在古城上方巡游
闲适如我，时而惊羡
圣洁的响翅抖动
飞掠，泼墨

那个晚上

我和杨邪住同一个房间
开完会，在电梯里
伤水说时候还早
不如到你们房间坐坐
杨邪说好呀
伤水说我有好茶叶
是朋友送的天台黄茶
一两多少钱，很金贵

伤水跟杨邪聊天
基本上是伤水在聊
杨邪起了个话题
被伤水给接了回去
不过有时候杨邪也能
借题发挥
我始终是个听众
也不时点头
瞧伤水口沫横飞的样子
我不禁张了张嘴

柿子真好看

柿子熟了
远远地我们就看见了
一只两只三只
柿子树长在院子门口
就像挑着小灯笼
一下车，女人们
朝着柿子树走去
仰起脖子盯着它
摆弄着各种姿势
都说，柿子真好看

如此之小

窗外，雨下个不停
是的，当我睁开惺忪睡眼
眼前模糊一片
但我仍听到了雨声
和雀鸟的喧嚣
蜷缩在被窝里
与尘世隔绝
却仍要起身拉开窗帘
让风钻进来
我并不惧怕黑夜
却在黎明出门时担心
被雨淋湿
被这个混沌的世界吞没
我是如此之小
却又如此卑微

凌晨五点

住院部五楼，耳鼻喉科
42 床
四张床，三张空床单
白日里的人已散尽
护士查夜，换岗

夜很轻，很薄
人，只是领了张饭票
在白日里瞎忙
然后检修
塞进夜的口袋
扎紧

我该如何去找到我

春日阴寒，风涤荡着衣襟
孤零零的树站立着
他的枝杈挂着可怜的果实
供雀鸟享用
他已经忘记了自己的身份
就像一个多余的人

此刻，天际蔚蓝
绵白的云朵随时被风吹散
就像一张张尘世的脸
我该如何去找到我
在这无边的寂静与虚无
在这魂灵出窍的一瞬

雨一直下

一整天了，窗外的雨
落满我的眼眶
雨从天上来，垂直坠落
掩盖了呼啸的风声
那些树们，一直摇摆
落英是春的种子
铺在嫩绿的草尖上
整个世界被雨吞没了
那些遗骸和落叶都将化为腐土
该出门了，去走一走
找一找翻土的蚯蚓
听一听隐藏在枝头的雀鸟
叽叽喳喳地说些什么

一株稻草

用力，用力
他想用力，抓住稻草
水的浮力不足以提起
用力，用力
水面上的鸭子伸长脖子
摆动的水纹漾起涟漪
用力，用力
大口喘气
如铅的身体划动双桨
用力，用力
他想用力

深夜，我们谈论生死

"这一点也不神秘"

他有一双精致的手
每天要在死者脸上摸索
画上眉毛，抹上口红
修复凹陷的脸
失去弹性的皮肤

我邀请他落座，一起用餐
然后好奇地提问
他略显青涩，像个邻家大男孩
说话时，语气略显急促
眼睛眯成一条缝

"这一点也不神秘，神秘只是
别人的猜想"
他加重了语气
"选择上学读这个专业
只是为了将来有饭吃
就这么简单"

"很多人不理解这份职业
其实，急救科医生比我们更高尚

他要救死扶伤，他要面对死亡
看着可怜的人在生死边缘挣扎
慢慢死去，爱莫能助"

"我所面对的只是逝者
让他变得光彩照人
我们太缺乏死亡教育
生是自然规律，死也是"

他笑得那么灿烂
照样娶妻生子
"遗体整容防腐师
这只是一份稳定的职业"
就像他说的那样

我们仨一起宵夜
一起在月光下散步
死并不可怕
但夜有些深沉

在国大喝茶

那晚，在国大喝茶
我叫了云根
我介绍说这是卖海鲜的
黑子说卖海鲜的？
我说是啊，他也写诗
黑子说我已经好长时间不写诗了
云根实诚，有点木讷（不大说话）
写诗只是题外话
更多的时候我们光顾着抽烟、喝茶
喝酒之后再来喝茶据说可以解酒
喝酒之后聊诗可能更有意境

外边的几个闲人只是团坐着
各自看自己的手机
茶水泡了又泡，渐渐就入味了
想起云根写的一首诗中的句子
"起居室里光照玻璃中的女人"
有人说酒杯中窥见一个女人更具意象
说这话时，茶杯里的水就荡漾开来
抿一口，再抿一口
真像喝醉酒一样

一滴水

你见过一滴水哭泣吗
那样凄美
在风中，高檐之上
晶莹得像琥珀
隐藏了怎样的心事
让它止不住流泪

猜灯谜

天越来越黑，花灯
越来越亮
灯谜写在红纸条上
像一片片枫树叶
被串成线，挂在风口

真相越来越近
谜底等待被拆解
这只是一场游戏
可命运
从来不会给出答案

宋　桂

一棵树能活多久
才能长成现在的模样
比如这棵朱熹亲手植下的宋桂
我要用力去拥抱她
抚摸她
就像朱文公当年
去赞美她，亲近她
和她说说话

大红袍

兰生幽谷九龙窠
进京赶考的书生来过
范仲淹来过
朱文公来过
很多文人骚客来过
走着走着都散了
我赶不上他们的脚步
就想亲自看一眼
那六株大红袍
高高的岩崖上
饮露沐风，朝来暑往
却足足活了四百岁

石浦老街

时光将细雨搬运到这里
时光也将我搬运到这里
这湿漉漉的石浦老街
是我祖父记忆的一部分
祖父的祖父，甚至更久
作为船长的祖父，他那双粗粝的大手
一定抚摸过这里的青砖木门
如同我按在门环上的掌纹尚有余温
祖父阔大的身影就隐匿在街头某处
我追随着他的脚步，亦步亦趋
杂货铺、绸布庄、鞋庄、铜店、药房
祖父顿足驻步，两眼炯炯有光
他掏出一把铜板，跟店家要了一壶酒
一饮而尽，随后甩了甩手阔步离去
或者，祖父会进入绸布庄，裁几尺丝绸
捡一把盘扣，纳入裤兜
祖父的渔船就停泊在山脚下的渔港
不出两日，这些绸布会出现在另一个渔村
同样陈旧的松门老街，我祖母的梳妆台

蝴蝶盘扣

她想解开那只蝴蝶盘扣

就像解开一个心结

丝绸般的月光是流动的

丝绸包裹的身体也是流动的

并且长成一朵曼妙的情欲之花

百宝箱里有她的嫁妆

各种银饰，玉镯、项链、耳环

银色的器物，井水一样冰冷

唯独那只蝴蝶盘扣，残留着他的余温

出海了，至今生死未卜

谁让她的丈夫是个商人呢

巷子里的街坊们酣然入梦

唯独她是清醒的，这不眠之夜

她想解开那只蝴蝶盘扣

就像解开一个心结

哀　号

三月的早春，晴朗
我的心头却空落落的
莫名的困扰，让人犹疑
坐在车内，准备发动引擎
电话铃声响起，应答
突然，车前方有人影晃动
一记闷响，重重击打
随之是突如其来的哀号
那样凄厉、揪心
他们提着网兜快速移动
一只金毛小狗蜷缩一团
抽搐，随后无声无息
他们走得太快，那样着急
他们像是凯旋的猎人
提着战利品扬长而去
我的心也抽搐了一下
狠狠地骂了声：畜生

第三辑

从前的白鹭

与一只飞鸟隔渊相望

在冰雪的世界里
一只飞鸟落了下来
栖息在松软的枝头
远处的黎明
被雾霾虚化
萧条成瑟瑟的寒风

此刻，我唯有静默与端庄
神色不必惊慌
用残留的水墨作画
用卷去的坚果和落叶
虚构一道风景

此刻，一只飞鸟落了下来
与我隔渊相望
浅色的羽毛、慵懒的神情
翘首或者等待
一声清亮的啼鸣

目 送

一只甲虫在树叶上攀爬
它聚集力量，那样专注
我凝视着这个小东西
那样弱小的身躯，忽左忽右
仿佛一口气就能将它吹走
但它全然无视我的存在
这只是一次偶然的相遇
一次擦肩，仿佛前世注定

它那一身威武的盔甲
此刻，一无用处
我只需动一下手指
便能将它推下悬崖
死无葬身之处
可是，我不
我只想目睹它爬上那片树叶
然后，目送它离去

晚　归

我的面前是一条逆光的河流
河岸边的石头、青草和芦苇停止思考
水被微风带走，漾起波纹的暗伤
不知名的鸟儿潜入水底
灵性的啼鸣响彻虚空
静默的尘世，有我晃动的忧伤

荒　野

荒野广袤
凉风掀起微澜
两只幼犬在草丛间嬉戏
我追随着它们

在一棵苦楝树下
与那可爱的小东西对峙
它摇头晃脑，猜度着我的心思
随后，遁入一片残垣

松　鼠

三月的晴天
我想去看一眼西湖
找一方清净
坐拥湖山
可到处都是簇拥的人头
一只特立独行的松鼠
在湖畔的树上蹲着
啃食着人们递来的果实
那样心安理得
围观者指指点点，说三道四
好奇的人哪
都有一颗空茫的心

河　岸

薄雾，空荡荡的河面
风中的芦苇枯瘦，寂然
远处，桨声叩响
一艘小船在我眼前浮现
没有星星的夜晚
河岸边，行人稀少
众鸟归巢
风渐渐凉了
我在丛林间游走
我用心头的雪照明

林间小径

时光流转，草木苏醒
我窥见了林间曲折的小径
通往，隐秘湖岸
犹如隐者的居所
被我不经意间洞察
凉风拂动青草
掀开记忆之门
陈旧一页，被释放
雀鸟的孤影
在草木间迂回
澄澈湖面，漾起
浅浅波光

黑　鸟

一只黑鸟落了下来
在不远处
铺满鲜花的地平线上
它是在啄食吗
还是单纯为了填补饥肠
但它肯定不食人间烟火
一袭蓬松的黑羽油光可鉴
尖锐的喙足以撕裂
昆虫的内脏
竹枝般的细腿腾挪跌宕
留下一行杂乱的草书
一旦稍有风吹草动
它警觉地四处张望
敌意，假想的冒犯
让它变得惶恐不安
一只黑鸟在我眼前逃离
在不远处，又落了下来

林间空地

我步入一条不知名的小径
荒野之花顿时朝我涌来
繁星点点的细碎小花
点头哈腰的狗尾巴草
枝头黑白相间的喜鹊
还未等我靠近，便翘着尾巴
"嗖"地起飞，蹿到另一棵树上
多少有些挑逗意味

凉爽的风扑面而来
四周的花草摇曳多姿
指尖沾着露水，蝴蝶闪着银光
碎叶间的雀鸟收拢了羽毛
隐秘的啁啾声响起
仿佛是一种求偶讯号
昔日的流浪狗不见踪迹
草根下的昆虫搅动泥土
在这春夏之交
生息，繁衍，交配
多么生动的词语
这里的一切如此暧昧

悬崖之上

大海是虚无的

船只是虚无的

浪潮是虚无的

尖叫的海鸥也是虚无的

当我站在悬崖之上

托起云朵

生命无限之轻

边 界

天际灰色如铅

沉闷的色彩使人忧郁

当我走出狭小的居所

囚笼般的牢狱

前往一片林间空地

草色浮动，风在呓语

迷乱的泥土气息

久违的蜻蜓为我指引

碎屑般的蝴蝶在草叶间纷飞

树梢上的白鹭警觉地张望

亮起白翅，从我眼前逃离

生存是一种冒险

敌意，假想的冒犯

一只飞鸟在我眼前惊起

无数只飞鸟在我眼前惊起

黑色的闪电划过天际

消失在无尽的虚空

镜

我穿越了时光的沼泽

抵达另一番幻境

废墟，丛林，残垣

精灵造访的秘境

碎屑般的蝴蝶扑闪翅膀

纷飞的蜻蜓为我指引

斑鸠潜伏在迷乱的草丛

狗尾巴草碎絮飞扬

金鸡菊露出少女的羞涩

蚂蚱在草叶间跳跃

燕子衔来稻草，悬梁筑巢

矮屋檐下嬉戏的玩伴

消失在门与门的背面

在水边

流水是一面铜镜
照见了白鹭的孤单
将发黄的宣纸铺开
提笔，凝神屏气
墨汁氤氲
用时间的流水，作一幅
天然的水墨

要用一生去亲近泥土
亲近每一棵树、每一朵花
时间的藤在不断抽打
苦涩从记忆中剥离了
存在即虚无
光阴也是虚无
人戴着面具行走

在林野

于泥土的芬芳间行走
林野的绿色浸漫着我的双眼
尘世的喧嚣渐行渐远
内心也回归片刻的寂静
偶尔有林间鸟的啁啾
和此起彼伏的知了声
是大地上最美妙的歌咏
临水的河岸，有钓者蹲守
流水远去，专注使他
成为雕像
河边的鸟儿起起落落
用翠鸣宣告欢愉
白鹭在我眼前升起
振翅，孤悬

在林间

我隐身在茂密的林间，一束光穿透

娑婆树叶，光影交错，一股欢愉

闪电般战栗着我

黑色的蝴蝶捎来夏日来信

在林间的缝隙间闪烁

我的四周被密集的蝉声包围

蝉声雨点般击打着我

丝毫也不觉得厌倦，鹧鸪鸟的啼声起伏

恰似时光悠长的叹息

几只蜻蜓掠过池塘

搅碎了一池碧水

一尾鱼从云端坠落

淡紫的梭鱼草见证了这一切

独　白

暮色渐渐沉了下去

我巡游在荒僻的林地

林间的光泽幽暗

一群晚归的宿鸟开始喧闹

芦苇丛遮蔽了日光

一艘沉船在碧波中晃荡

水做的铜镜泛着幽光

一只水鸟蹿进芦苇丛

在水边跳起了华尔兹

纷飞的蝴蝶迟迟不归

在夕阳下寻觅光芒

西沉的落日将时间隐去

随之也将残留的光隐去

此刻，我所见到的落日

与任何一处见到的落日不同

分明是另一种的虚幻

如在梦境

午　后

时光是静谧的
小树林也是静谧的
有风划过指尖
几声翠鸟的啼鸣
惊动了水中的芦苇
阳光在水杉上舞蹈
晃动的碎影坠落水中
池鱼衔着残荷，交头接耳
山水枯瘦
我在树下，细嗅蜡梅的幽香

白鹭及其他

一只灰鹳蹿进了
灌木丛，啾的一声鸣响
随后消失
一只蝴蝶被压成纸片
挂在叶尖上
一只蜻蜓闪着金光
尾翼透明，施展平衡术
一只白鹭收拢羽毛
陷入了冥想
另一只白鹭，撞见了魂灵
无助，惊恐
风，加速了逃离
时间的音符在此停顿
面对一条过去的河流
我该说些什么

虎纹猫

又遇见了这只母猫
黑色碎花条纹，一束幽暗的光
如闪电刺穿瞳孔，从哪里来
去往何处，娴熟地穿过树丛
神情落寞，如此地慵懒
抬头，却有着虎一般的倨傲

并非初次邂逅，那天
从架空层推门而入
一声尖叫，随后一道魅影
在正前方，跃起，破窗
一阵骚动，几声小兽的稚啼
在杂物堆的一角，伸出
一条毛茸茸的尾巴

不忍驱逐，任窗户
继续敞开，留有缝隙
登上二层楼道口，往外
张望，那只逃逸的母猫
并未离去，在窗下隐匿
悄无声息，惶然的神情
像极了一位失孤的母亲

白月光

月亮苏醒了，在一棵
苦楝树上奔走，碎银的
白月光，呈现母性的圣洁
乡愁，从海碗里溢出
为赶路的异乡人，以
明灯般的指引，白玉兰
在风中呓语，如痴如醉

等

云在高天，在清寂的夜色中
你去了哪里？我在找寻什么
这茫茫人海。落叶之舟
无声地坠落，飘零
这寂静的夜，空与虚无
我在氤氲的河岸漫步
在轻盈的枝头歇脚
在广袤的森林里歌唱
在无边的黑暗中
隐藏了自己

蚂　蚁

我怎能伤害这自然的生灵
微小的弱者令人怜悯
劳碌的生命，用尽一生的力气
去搬运一粒轻微的米粒
粮食，用于贮存、活命、繁衍
在腐土之上，在草叶的根部
蚂蚁交头接耳，气味相投
比起更为弱小的事物
它的身躯，足够健全
并肩负使命

从前的白鹭

闲散的日子，在河岸漫步
都会看见几只白鹭，蹲在
对岸的树梢上，自在
优雅，天使般圣洁
闻见生人气息，警觉
张望，飞一般逃离

如今的河岸，停靠着
几艘施工的挖土船
船上的汉子蛮横、粗野
晃动的身影投入水中
每当想起从前的白鹭
心头便空了一角

在河岸

往返于城市森林
我常在河边冥想
白鹭在对岸的树梢
用无辜的眼神
打量着我

流水悄无声息
掀起雪浪又归于虚无
虫吟与鸟叫带来欢喜
就像是在梦境游荡
或者催眠

在风雨抵达之前
我将收集雨水和眼泪
用以浇灌
我将送出百鸟的啼鸣
和月季的芬芳

在水汀，遇见一只白鹭

是谁在召唤，明镜的河流
秋日之歌
碎雪的白鹭，在水汀
在我眼前滑落
泥泞中抖动翎羽，伸长细颈
挪动竹枝般的细腿
跳起了旋转舞步
我用目光触碰，警觉
战栗
随后再次掠过水面
曼妙的身姿，静态飞翔

群　鸟

我常在午后
漫步在昔日丛林
和煦的光落在身上

响彻的啼声
割裂了天空一角
一只鸟落了下来

蛛网般的枝叶
密集的鸟群
交错，盘旋

冬日入山林

山林肃静，落日
将天边染成粉黛
夜色闭合，即将启幕
另一场晚宴

明镜悬于虚空
山风清冷，灌入衣襟
顺便将所有的草木
清洗一遍

半山染霜，跃过眼尖
山径通往高处
有谁听见，这归鸟的诘问
与落叶的回答

大雪日

南方小城，大雪日无大雪
仿若前朝的节气与己无关
山风清冷，行人渐已稀少
而我却独享山林，在这
不设防的山间游荡
鱼虫安于水土，草木并无悲喜
松针和坚果终将化为腐朽
唯有周遭的雀鸟耳聪目明
在这清寂之地尽情撒欢
心性本自在，隐于碎叶间

白鹭还乡

这是从前见到的那只白鹭吗
振翅的模样，像极了
曾经相见的那一只
那时候的天可真蓝哪
晴空里的白鹭，圣洁天使
高昂的头颅掠过村庄、河流
水塘、稻田、农舍、甘蔗林
栖息在高大的苦楝树梢
它那俯瞰众生的曲线
优雅，高贵
荷塘里长出鲜美的菱角
低矮的橘树结出金黄的果子
葡萄藤沿着墙角的木架蔓延
鸡鸭在晒谷场上觅食
麻雀扑腾着翅膀跌落在屋檐下
河岸边的桑树发出沙沙的声响
竹林间传来幼雀的稚啼
我在河岸边奔跑
此刻，回到了记忆的原点

野地里

白鹭在野地里掠起
惊飞
风刀子一样刮过来
碎叶间，有寒鸦尖叫
灰茫茫的身影，倏忽不见

镜中的流水扭曲，变形
白鹭蹲守在河岸，蜷缩着
像枯枝上的一堆雪
枫林、杏树、乌桕树在燃烧
黄金般的火焰，足以抵消
冬日阴寒

鸟叫醒山谷

鸟，叫醒山谷
风把啼声递过来
于是，天亮了

枝头上落满了雪
那是白鹭
树的精灵

芦苇的羽毛是金色的
一群野孩子
在湖边舞蹈

白鹭在浅水中
用竹枝押韵
芦苇跟着起舞

芦苇和白鹭是友好的
彼此问候
彼此祝福

在溪边，遇见一只白鹭

它的羽毛洁白、蓬松
它用无辜的眼神打量着我
慵懒，却时刻保持警觉
就连捕捉到一丝风
都显得惶恐
比起那些在泥泞中觅食的雀鸟
它那娴熟的步态、享乐的安逸
以及精于算计的内心
更像一个以理想为幌子的
梦想家，栖居高枝的
精致的利己主义者
此刻，贪图的一晌之欢
多么不合时宜

故人雪夜归

雪夜苦短，寒枝须眉皆白
枯坐冷寂空山
石不能言，万物慈悲
斜阳褪去旧衣衫

霜冷尘世，截取一段流水
横舟浅酌独钓
唇冷齿寒，残山剩水
内心日渐消瘦

急需一场好雪
洗尽草木，洗尽铅灰色
万物皆沉默，旷野自从容
鸟雀自在天地间

到处鸣啼，无论悲喜
炉膛温热，炭火抱团
故人雪夜归，苍生两不误
空留一段闲话

一种寂静

天空蓝得纯净
行走于寂静古道上
我们将身心交还给山林

我们跟起伏的松涛交谈
我们听林间鸟鸣
我们看蝴蝶在花丛翩跹
山间草木禽虫
仿佛失散已久的亲人

寂静古道上
风轻摇着树影
油桐花纷纷落下

去山上

放晴的日子，我要去山上
带一把锄头开荒
还要养一群鸡鸭
忙时劳作，闲时修行
无聊的时候
数一数天上的羊群
攒不了钱
我有大把的光阴

空　山

山野空阔，寂寥
在高处，窥见城市的屋顶
四通八达的路径

经霜的草木，站在风口
被镰刀反复收割
却从不喊疼

雀鸟无名，隐身高枝
偶尔会啼鸣几声
不知是欢愉还是忧伤

这一年，人世间有太多眼泪
被雨水反复冲刷
又被这无边的山林接纳
化为琴声的呜咽

等 待

练习飞翔是有难度的
就像这水边的白鹭
每张开一次翅膀
都要停顿，迟疑

阻力来源于大气
来源于风
来源于坠落的恐惧
以及凌空的危险

白鹭选择了飞翔
那是因为，它需要食物
需要历险
需要到更远的地方去

钓鱼人蹲守河岸
他和白鹭都在等待
彼此需要足够的耐心
等待，水面的动静

遇见猫

走在小区里
经常会遇见几只小野猫
步态悠闲地在林间穿越
看见生人也不避
有几次我停下脚步
想走近它，摸摸它
却又有些害怕
它会用尖牙咬我吗
它会用利爪挠我吗
那对宝石般迷离的眼睛
仿佛一眼洞穿了
我的懦弱

仿佛，我才是猫
它是豢养者

和一朵花相遇

在靠海的山间
他们鱼贯着
一个个都走了
可我
来到了岔路口

在结网的天空下
斑驳的石屋前
和一朵花相遇

确切地说
是无数朵红花编织了图案
争先恐后
攀爬枝头

串成喇叭样
像极了一支萨克斯
准备演奏
中国版的《茉莉花》

我问了很多人
和身边的女孩
花名叫蜀葵
俗名一丈红

风　荷

吐绿
盛开
一世的清白
粉色的香唇
在期待
情人的初吻

微波
倩影
仙子的烂漫
天真的笑靥
都化作
水样的年华

第四辑

他活在一首诗里

怀念海

那时候
我用孤灯去放牧海
潮水激荡
豁开礁石的壁垒

祖父的墓地面朝大海
长满松针、青草和苔藓
咸湿海风四处游荡
芦苇倒伏，舞姿凄美

那时候
我用目光去触碰海
潮水激荡
卷起滑翔的欲望

祖母的阁楼屋檐低垂
长满松针、青草和苔藓
我用渔网捕捞往事
芦苇倒伏，舞姿凄美

春天就像一场旧梦

昨夜，在前溪的颐园
又聊起了梅庐
仿佛梅花的香气依旧
梅花的消息
让人心存眷顾
昨夜，又翻读了《野望》
"闲上山来看野水
忽于水底见青山"
那是旷世的练达和野趣

去年此时，在梅庐
白云悠闲而过
斜阳铺满山坡
梅花粉葶，暗香浮动
在鹧鸪声里
沿着山间的小径漫步
你说：我本孤傲之人
此处即是桃源
山外的世界无须应答

而今，草木葳蕤
花事未了
一样的早春，一样的晴日
春天就像一场旧梦

心　灯

今夜，为你点一盏心灯
如星河浩瀚的神启
在无尽的黑暗里
在喧嚣的潮涌后
闪电般划过天际

今夜，为你点一盏心灯
如大地苍茫的绝句
在回暖的春日里
在落花的流水间
一声惊雷的叹息

有谁遭遇过春天的不幸
有谁直面过命运的嘲讽
诗人的世界里从来没有绝望
唯有灵魂深陷红尘
我愿你孤傲，我愿你安详

寺前桥

一座时间的老桥
在记忆里发酵
陈年往事掀起微澜
那时母亲无数次走过
伴随着婴儿的啼哭
脚底的石板看似光洁
也被时光打磨成凹凸的纹理
南北货物从水陆码头上岸
伴随着杂乱的脚步
在叫卖声里流进千家万户

一座老桥的记忆
跟树木的年轮相近
光阴在桥墩上刻上无数印记
成为一个个时间的节点
看似平凡的日常
不会轻易被流水带走
却填满了年长者记忆的巢穴
一天天酿出花蜜
在未来的某个下午
古老的阳光打在身上
一点点渗透肌肤
记忆便有了翅膀
飘向遥远的青空

石塘日出

我喜欢这淡淡的光晕

在静谧的黎明

薄雾笼罩的海平面

岛屿若隐若现

山坡上的石屋

清脆的鸟鸣

轻拂的海风

似一场若有若无的幻境

大海在摇篮曲中苏醒

它烘托了一个主题

"这只是一个序幕

新的一天脱胎换骨"

朝阳粉饰了天空

也点亮了无数双眼睛

这温暖的画面

在未来的日子里

足以慰藉心灵

那年中秋

黄昏，在梵音禅寺
用完素斋
程老师为我题了幅字
梵音秋月
字是隶书，一笔一画
凝神静气，透着古意

一轮皓月在五龙山升起
攀上了夫人峰
芳泽披野，珠圆玉润
皎洁的白

随后，驱车十几公里
前往新河古镇
三五好友，在寺前桥头伫立
倚栏望月
恍若前无古人，云淡风轻

那一轮皓月孤悬
我仿佛窥见了镜中人的身影
桂花树下的嫦娥
可曾轻挥衣袖
莹洁如雪

天上是蟾宫

脚下是流水

四周出奇地静

无垠地空

简　历

从海拔四千多米的雪峰朝圣归来
我一身疲惫，却又心满意足
在开满格桑花的香格里拉小镇
我沉沉睡去，记忆却开始复活
是在某个茶馆，或在你家中
我不确定
但你真切地坐在我身旁
眉宇清朗，谈笑风生
就仿佛是日常里的某个场景
突然，你说"为我写一份简历"
我愕然，却又不知所措

在蓝色星球的最后一方净土
我梦见了你，烟熏的手指
湖水一样宁静的笑容
举手投足，你的气息从未离去
你说"为我写一份简历"
谜一样残缺的只言片语
我并未来得及作答，兄弟
那是因为，天堂高远
你孤傲的头颅和飘然的髯须
就是你的通行证
你畅行无阻的简历

在神仙居喊你

聚了又散

生命像只陀螺，你说

又有什么要紧的呢

前一秒登上索道

下一秒已经到站

中间的过程可以忽略

就像这山外的景

双脚凌空站在玻璃平台上

头上是浮云脚下是深渊

你就这样悬浮着

内心有十二面鼓在击打

没有陪伴的日子

你故地重游

你想接近他

甚至在下山路上喊了他的名字

潜入深山，只为

找寻一声失散的鸟鸣

他听见了

他说，魂魄存放在鸟雀胸腔

灵魂已经上路

隔山隔水

藤庐忆旧

日子过得真快呀

说这话时

一朵梅花落了下来

一声叹息

遒劲的梅枝覆满香雪

你月光炯炯，长发飘逸

髯须沾上梅花的香气

和酒气

就像一个孤傲的剑客

在老梅树下喃喃低语

吐着烟圈

一声爽朗的大笑惊动了

林间的宿鸟

以婉转的和声应答

日头西斜

你的身后

有一道轻烟逸出

袅袅归去

一首诗

昨夜

我被一首诗困扰

难以入睡

白月光伸长脖子

星星在窗边抖动翅膀

一首诗进入了梦境

跌跌撞撞

朝 圣

起风了
太阳开始下坠
白云薄得像纸
偌大的雪山
只有一个孤单的人
在沙沙赶路

是他朝觐了山
还是，山背负了他
山风劲吹
他单薄得
像只蚂蚁

他活在一首诗里

他一阵风似的走了
走得那么着急
就像一个赶路的人
急于回家
他什么也没带走
就连喜欢的纸烟和茶叶
都忘了
他什么也没有留下
甚至连一句告别的话都没有
只有春风在拨弄着他的诗句
和不期而至的一树梅花

暗　号

在不远处，便望见了
那个歇脚的凉亭
和那一树梅花
就像是——
一个暗号

在墓碑前，上一炷香
然后，点一根纸烟
袅袅青烟
浮现了你——
带着酡红的醉意
和笑脸

一只轻盈的小鸟
在梅枝上眺望
就像是——
一个缱绻的诗人
在吟诵着——
他的前世今生

那是我——
失散已久的兄弟
我多想——

折一枝梅花

与他相认

寒山湖

——兼忆诗人江一郎

此湖非彼湖，只在天台山
与诗僧寒山无关
我曾二度夜宿此地，就像
一只鸟，停留在同一枝头
鸟鸣声中夹杂着人声、犬吠
你左手牵着板凳和果果，两条小狗
一惊一乍，在僻径撒野
右手焦黄的手指夹着烟蒂，用力
吸了一口，大步流星地走
山间的橘树，青中带黄
女子的巧手在枝叶穿梭，接生着
酸甜，果子应声而落
烟丝燃尽，星火明灭
你吐着烟圈，湖里的鱼吐着泡泡
你说：坐于湖畔，赋诗一首
我如溺水之人，从梦中惊醒
烟波浩渺，那些诗句
写在水上，再也无法打捞

消失的人

春光真好呀，到处是啁啾的
鸟鸣，好久不曾听见
流水的声音，踩着脚下
松软的土地，落叶
都是轻的、柔的

不必推门，坍音幽怨
一地的断壁残垣
梦境一般的存在，等到
一树枯瘦的梅花落尽
嫩绿的草尖从夹缝中破土

那个消失的人，终究是
寻他不见

白云赶路

我隐身于绵密的林间
风一掠而过，去追赶
与我擦肩的那只黑鸟
白云也在赶路
风推着它走

众生，都在追赶
却不肯，停下来歇脚
我那死去的亲人
他的魂灵，也在赶路
风，推着他走

秋风辞

出门，母亲又唠叨了
经常这样，默默拉上门
目送我，母亲消瘦，嘱托却很重
秋风起，门前的溪流
变瘦了，行道树也变瘦了
水草、卵石、溪鱼
都变瘦了

浣衣妇在不停捶打
有力、铿锵、富有节奏感
声音在飘浮，云影在飘浮
日光也在飘浮，那些衣物、被套、旧床单
就这样，褪去颜色

还乡的人

月光如水，星星隐匿
在这清冷夜空
不见灯火与虫吟
只闻犬吠三两声
还乡的人，独自
背负行李，走在
寂静的乡村公路上

在这薄凉人世
秋风吹落桂子
银杏飘坠黄土
万物陷于无声的孤寂
还乡的人，如此急迫
在这炉台灰烬的夜晚
赶回家中，与亲人相见

风往北吹

风往北吹，惊飞的雁群
顶着霜雪，尖叫着
晃动成，一个个细小的白点

风往北吹，掉光了牙齿的树
孤零零地站着
就像一个思想者

风往北吹，秋天的红舞鞋
舞步旋转，掀起
一道道闪电

风往北吹呀，落魄的人
就像一枚小小的邮票
他要把自己寄往哪儿

清　明

天空静穆

绵白的云朵压得很低

就像是低语，或是叹息

海鸥盘旋掠过，海在骚动

一个又一个浪冲击着堤岸

喧嚣，有节奏的律动

席卷着暗沉的礁石

清明日，野地里的芦苇摇曳

草木成为幽冥的通灵者

生者用香烛祭奠

默念着亲人的名字

死者仿佛被赋予某种特权

在哀乐中苏醒

或在祭拜中复活

前世苍茫

海是去路，亦是归途

山中写意

居于雁山谢公岭
我的清梦常被一只鸟唤醒
随后更衣，洗漱
步出庭院
山中古道，风摇枝叶
竹弄清影
置身于草木、花鸟
鱼虫的世界
我在呼吸，与山心意相通
我在行走，草木也在行走
我成了山中微小的一部分

五月，与诗友小酌

启封一坛陈酿，倒上
夹一箸菜，呷一口酒
唇齿间醇香弥漫
背后，土墙低矮
一丛蔷薇开得正好

身前是合掌峰
他曾私自夜探
过果盒桥，月光
照进幽蓝的湖水
仿佛别有洞天

山色如墨
他曾心存忐忑
怕野兽在暗处出没
怕脚面游过冰凉的蛇
惊悸使他加快了脚步

酒是好酒
适合小酌
说这话时
他不紧不慢
眼前拂过一缕春风

春日帖

春光真好呀
我的兄弟，梅溪水见涨了
你还不来
寂静的春山，梅花都落了
野花是风穿的红舞鞋，拖着长裙
你还不来
家乡的野地，你的髯须
疯了一般生长
那朵酷似人脸的云是你吗
又赶往哪里
你那诗中的斑鸠依然倔强
空茫的啼声，从山那边
递过来

梅 溪

远行的人
山上的桃花开了
多想去看一眼
那些春醒的花朵
在你走后，魂不守舍

远行的人
山上的鹧鸪叫了
啼声如此悲切
就像是在空山
喊你聚首

远行的人
还想再走一走
你最爱的梅溪
看遍李花无人对饮
该有多寂寞

秋　夜

那时候在乡村，我尚年幼
不知何为孤寂何为离愁
只知天地广阔日子无忧
那时候外婆健在
亲人团聚其乐融融
薄凉的秋夜，风刮过村庄
唱着摇篮曲
村里人的作息和鸟雀一样准时
梦想不多，油灯早早熄灭
田地的庄稼瓜果也在梦里
唯有月亮醒着，高高挂起
给沉睡的村庄守夜

端 午

天空像块磁铁
将黑夜牢牢吸附
宇宙，浩瀚星空
一定有无数双眼睛
注视着你我
那个落水之人
葬身汨罗江
天问上达天庭
鱼腹吞没他满腹经纶
鱼嘴吐出的泡泡是他
无尽的牢骚
而你我并不迂腐
蒙上嘴，戴上口罩
就像一条缺氧的鱼
在深夜痛哭

密林中

——致江一郎

梦境反复出现
某个清晨，潮润的气息
当我步入密林深处
幽暗，芬芳
当我靠近，油桐花翻飞
蝴蝶般的花朵纷纷坠落
一个神秘的人形拼图
吸附着青草与烟草味
那个飘着髯须的男人
牵着两只小狗
阔步走来，在密林中

山居的阿人

阿人有点怪
一个人住在僻静的山上
阿人戴了副老花眼镜
表情温和，目光锐利
阿人长发花白
山羊胡子也白了
阿人穿着大裤衩来回走动
为我们端上一桌酒菜
阿人走路的样子温吞
嗓音却雄浑

山上的日子冷清
阿人读书、喝酒、种花、种菜
阿人南京大学中文系毕业
肚里装了不少墨水
阿人稳稳当当坐在八仙桌旁
吞云吐雾，举手投足的样子
像极了马叙的画中人
阿人吐出的字
化作一串串秘符
被古老的山风吹跑

中 秋

今夜的月色很美
你知道的
她在天上画了一个圆
圣洁的月光溢出芬芳
那是自然神秘的呼吸
月亮也有怀胎的时候
内心的潮汐正在孕育
结出硕大的胎盘

在黑漆漆的夜里
草木从未停止生长
风能够感受到这一切
我们就像气息相投的孩子
等待着神秘召唤
今夜的月色很美
你知道的
那么近，又那么远

台风天

台风天，我看见
一只鸟在天上飞
它飞得并不高
依然打开被雨淋湿的翅膀
逆风盘旋

台风天，我看见
一片呼啸的竹林
细长的竹竿韧性十足
竹尖上的叶子呜呜作响
却决不低头

台风天，我看见
老屋檐下被风吹跑的黑瓦
伤心地碎了一地
溪流疯涨
游行的队伍浩浩荡荡

台风天，我看见
一对打着伞的人
在雨中跌跌撞撞
一只饥饿的流浪狗
在废墟的瓦砾间舔着毛发

台风天，有多少

看得见的

和看不见的事物

隐藏在未知的角落

杀 生

梦里回到童年，欢蹦乱跳的我

提着弹弓在村里转悠

河岸边，桑树下

一群麻雀也在欢蹦乱跳

我赶紧拉紧弹弓，瞄准

"叭"的一声击落

麻雀掉进了河里

我抓紧枝条伸手去捞

又是"叭"的一声，一头栽进水里

旱鸭子的我呛了口水

双脚乱蹬，双手乱舞

幸亏离河岸近

胡乱抓了根树枝

我湿漉漉的惊恐未定

但依旧后怕

那一定是杀生之后

神对我的惩罚

情 义

上午，东海诗歌节
诗歌研讨会发言
育邦和俊明不约而同
提到温岭诗人江一郎
育邦说想起几年前
在岱山，与一郎长谈
如今，他回到了故乡
回到了大海深处
俊明说一郎是好兄弟
诗歌的情义不仅是时间上的
也是心灵上的共鸣
听到这个名字
内心的海洋翻滚
潮水溢满眼眶

身外之物

在山巅的云雾中
我们说着不着边际的话
我抓不住你的手
也摸不着你的发

你牵着小狗，抽着烟
在云端漫步
我亦步亦趋
走了很长一段路
你说，除了诗酒
再无牵挂

纸上囚徒

我的笔尖在纸上游走

只听见沙沙声

如蚕食桑叶般轻微响动

我不断变换笔姿

写下形态各异的字

排兵布阵，攻城略地

此刻，我多像一个骄傲的君主

在纸上策马，指点江山

我的兵马在不断壮大

疆域日渐辽阔

但我并不满足

我要聚沙成塔

建一座金碧的庙宇

锻造、淬火并献祭

采　石

世界被掏空
一面鼓在跳动
向悬空的井眺望人间
向微小的神致以亲切问候
钢钎钻进石缝，敲打
碎裂的骨头咳出血

"我搬空了一座大海"
先民们呐喊，喊出回声
喊出采石号子的使命感

日光施展魔法
石板从母体抽离，诞生
蝼蚁般的苍生跪拜
远方的神呵
愿圣洁的石板像庄稼
取之不竭

朝向山水自然不断奔赴的澄明心性

——略论张明辉诗集《身外之物》

赵学成

讨论张明辉的诗歌写作，有两个关捩点不得不提：其一，张明辉先写散文而后写诗，在内容、风格与主题上，他的诗歌与其散文之间有着鲜明而生动的呼应关系，其散文集《寻觅江南》《湖山寂静》中到处弥漫的那种清寂、朴素的自然气息，在《身外之物》这本诗集中有着浓重的美学折射和精神投影；其二，张明辉的诗歌写作受同乡诗人江一郎影响甚大，江一郎在其诗学追求上起到或明或暗的引领和助推作用，很大程度上左右了其诗歌艺术的视界、向度与格局。而以上两点之间的隐秘关联，在诗歌写作的路径选择上，则共同指向了一种筑基于自然心性、流连于山水林壑的诗学品性。通过对这一诗学品性的索解与勘测，结合具体的诗歌释读，我们或许可以一探究竟，触摸到张明辉真挚而明净的诗歌世界。

张明辉的诗集《身外之物》依据题材分为四辑：《山水课》抒写行旅游历，《如此之小》记录日常随感，《从前的白鹭》吟咏自然山水，《他活在一首诗里》描画故乡事物。显然，从宽泛的诗歌题材类型的角度来看，《如此之小》和《他活在一首诗里》两辑比较相近，大都聚焦日常平凡之情思；《山水课》和《从前的白鹭》两辑比较相近，大都凝眸自然山水与风物。笔者下面的论述将试图证明，这两大题材貌似彼此分离，实则血脉相通，宛若两条交错生长、彼此勾连的巨大山脊，共同支撑着张明辉诗歌的美学穹顶。

先谈诗人聚焦平凡情思的作品。张明辉的这类诗作，基本都扎根于平常的生活世界，诸如经历、见闻、记忆、怀想、沉思、情结等等，皆是诗人蕴藉情思主题和诗性叙事的重要材料。《如此之小》一辑中的诸多诗作，短小而有味，质朴而真挚，在平淡的絮语中叠藏着诗人敏感的情愫和细微的发见。如《遇见》："多么玄妙的相遇/就像两朵云/在某一天不期而遇/就像两只灰喜鹊/在枝头//山茶花开得最艳/你一定要去看/去嗅，含苞待放的/那一朵，从花丛/跳出来"。诗人用"两朵云"的"相遇"和"两只灰喜鹊"的"相遇"，来类比和催动"你"与"山茶花"之间的"相遇"，显现万物间的隐秘关联；结尾的这句"含苞待放的/那一朵，从花丛/跳出来"确乎点中了上面所说的"玄妙"，见心性而又显禅意，有意味深长的涵咏之妙。再如《桂花》："那日，见到一位老婆婆/在一株桂花树下张望/仿佛那幽香，令她陶醉/以为是个痴迷之人/便在远处驻足/她神色有些慌张/四处打量，并偷偷/背过手去，遮遮掩掩/就像一个老树桩/背后，一枝桂花/赫然绽放"。这首诗同样是诗人的一种"观察"，在表现形式和意蕴上，令人不由想起顾城的《远与近》——与顾诗相比，朴素、简洁处或有不及，但更具生活的质感与温度，在透示隽永的诗思时，并未芟夷其中生动的细节，从而呈现出别样的风致与理趣。其他诸如《挑刺》《凌晨五点》《一滴水》《猜灯谜》等诗，均是会心见性、凝思入神的作品，其小中见大、细微处见慧心的特点，已初步体现品性。

张明辉是一位真诚的诗人，"捧着一颗心来"，是他的情感底色，也是其诗的美学姿态，这一点在《他活在一首诗里》一辑里尤为明显。诗人对故乡大地怀持着深情，《石浦老街》《秋夜》《怀念海》《杀生》回望家族往事和幼时记忆，《秋风辞》《清明》《山居的阿人》《寺前桥》记载故乡风土人情。江南的地理自然、历史沿革、风土人情，俱见笔端。从某种意义上来说，这其中最感人的诗作，无疑是张明辉追忆和悼挽江一郎的诸多篇什。早在听闻江一郎病重的 2017 年上半年，张明辉就已创作了《春天就像一场旧梦》《心灯》两首诗，表达了对江一郎的祝祷与祈愿；而在江一郎病逝后，诗人更是持续创作了十多首诗，如《简历》《在神仙居喊你》《藤庐忆旧》《他活在一首诗里》，表达了对这位师友的无限怀念与追思。这些诗大都语调低缓、语言质朴，在一个个生动的场景和细节（尤其是自然的场景与意象）中刻绘出江一郎的形象，情深而诚挚，表达致敬与悼念："你目光炯炯，长发飘逸/髯须沾上梅花的香气/和酒气/就像一个孤傲的剑客/在老梅树下喃喃低语/吐着烟圈/一声爽朗的大笑惊动了/林间的宿鸟/以婉转的和声应答/日头西斜/你的身后/有一道轻烟逸出/袅袅归去"（《藤庐忆旧》）。应该说，张明辉是懂得江一郎的，不难看出，他这些怀悼诗中所拣选的意象、烘托的意境、渲染的意味，都精准对接"那个飘着髯须的男人"（《密林中》），深深契合江一郎诗歌的美学脾性。

这种诗写风格，不仅表现于以上这类宁静朴实、真挚动人的日常缘情之作上，更表现在"倾心自然、流连山水"这一部分作品上——尽管在两者之间情思逻辑的构设上，张明辉可能有着更为内在的精神意旨和诗学心事。我注意到，作为一位敏感、内倾的诗人，张明辉在不少诗作中都表达了一种寂寥、悲抑的思绪："我该如何去找到我/在这无边的寂静与虚无/在这魂灵出窍的一瞬"（《我该如何去找到我》）；"我并不惧怕黑夜/却在黎明出门时担心/被雨淋湿/被这个混沌的世界吞没/我是如此之小/却又如此卑微"（《如此之小》）；"他伏于桌上，头顶/已被霜雪覆盖，此刻/他多像一个无助的孩子/需要母性的抚慰"（《酒后》）；"我时常感到羞愧/一生的秘密/被一朵花勘破"（《羞愧》）……这些集中坦白的心事直陈，弥漫着浓郁的失落感、孑遗感、畸零感、孤独感，成为一种强烈的精神主题的外在征象，折射出一种对于现代生活世界的不适感和拒斥感。这种内隐着创伤的存在感受，当然内在于"关于现代性的反思与批判"这一宏大的历史人文主题的表意结构之中——而由此在诗歌中引发的诗学处理，历来大体上有两条路径：其一是挺身而进，介入现代性本身的矛盾与张力中，即"以现代性的方式来批判现代性"，诗人成为置身现场的目击证人，常常热衷于语言探险和修辞实验，以适应现代语境中诸种话语势力彼此对抗乃至引发巷战的氛围与强度；其二则是掉转头去，回归古典，投入文化保守（复古）主义的怀抱，诗人将自我置于对传统精神生活的乡愁之中，以非历史的姿态弱化乃至抽离社会性的"此在"，表现为对于自然的投怀以及某种抒情性的复归。

毫无疑问，作为自然主义者的张明辉，大体上践行的是第二条路径，诗集中的《山水课》和《从前的白鹭》两辑都是明证。事实上，张明辉在诗中对此同样有着不少直抒胸臆的呈示："深谙世事，纷纷扰扰/不如折返山林/借山听雨"（《度外》）；"我常将自己隐于空谷/聆听内心的潮音/我常将自己放逐尘世/叩问大地的鼓点"（《朴谷》）；"山中自有天地/修筑一道樊篱/隔离野兽的侵袭/用一室之书/抵御内心荒凉/喝自酿的酒/与清风做伴"（《雁荡山居》）……诗人将目光更多地投向自然，在我看来，绝大部分情况下都出于这样一种诗学信念，即只有投身和归心于自然之中，人类才能在一种神性的和谐中充盈和丰足，才能获得一种真正的宁静；而诗歌对自然的皈依，不管是呼应一种人类共有的传统，还是试图在此基础上展现一种文化抱负和风格命意，本质上都是一种"还乡"，是自动进入对于中国传统文化的内在坚执，因为中国自然诗学的历史谱系实在是太丰厚了。关于这一点，我曾在拙文《不断重临的抒情时刻：传统、自然与时代精神》中有这样的论述：

自鸿蒙初辟以来，自然就是一座神殿，是储藏奇迹、和谐、美的万园之园，它以其无言大美，一次次疗治了人类文明的创痛，给无数失意者和伤心人以温暖的怀抱和温柔的抚慰。在儒家统御两千年的华夏文化中，以老庄为首的道家为"学成文武艺，货与帝王家"的理想遇挫和失败之后的读书人指明了另一条人生道路，那就是面向湖山、参证天地、晤对通神，乃至解衣般礴、放浪形骸。晴光激滟，草木葳蕤，山风骀荡，鸟鸣悦性，天苍苍，野茫茫，自能安放贬官谪臣的万般失意，安抚怀才不遇者们的乱离之心。想想吧，许由、庄周、陶渊明、谢灵运、王维、孟浩然、李太白、张志和、柳宗元、严子陵、苏东坡、林和靖、张岱、袁宏道……这一列长长的高大伟岸的精神浮雕，穷则独善其身，走向山野林壑、江河湖海，与渔翁钓叟酬和，跟樵夫刍荛同行，岩上纵酒，林下论道……从诗到人生，这是彻底的浪漫主义，彻底的美学，浸淫了苦痛与超脱的彻底的性灵。

山水直通天地，草木鉴照人心，"道法自然"的古老训诫，"天人合一"的自由之境，一直高悬在无数中国诗人的心头。这种自然主义的世界观，连同它所对应的生活方式和文化人格，以及由此建构的诗学传统，深度参与了"中国诗学"的品格塑造，在百年新诗史上亦留下了长长的回响。对此，张明辉不一定是完全自觉的，但他确实一直奔赴在自然山水的途中，并据此建立了足以安身立命的诗学"草庐"；他的行旅与栖止、瞻望与想象、抒情与凝思，都在这一诗学"草庐"中获得了充沛的表意势能和宽敞的话语空间。于是我们看到，在张明辉大量徜徉和流连自然山水的诗作中，诗人充分敞开了诗心，洞幽烛微的慧眼时时显现，纯净、质朴、明丽的风格渐臻妙境，并借此展现了自然界广袤而斑斓的存在样貌，照见了众多隐匿在自然深处的人文景观，描绘了一个无比繁富多姿的世界："天空蓝得纯净/行走于寂静古道上/我们将身心交还给山林//我们跟起伏的松涛交谈/我们听林间鸟鸣/我们看蝴蝶在花丛翩跹/山间草木禽虫/仿佛失散已久的亲人"（《一种寂静》）；"一个人枯坐，冥想/山间的云恣意流动/激流飞溅，肉身变轻/长出一只鸟飞升的念头"（《方岩书院》）；"在一棵苦楝树下/与那可爱的小东西对峙/它摇头晃脑，猜度着我的心思/随后，遁入一片残垣"（《荒野》）……在张明辉的笔下，自然彻底褪去了现代以来工具性的色彩，而返归到那种古朴、天然、自由的存在；而主体自我也绝尘念、弃俗欲，返归到对于自然的最初信任，表现出一种明显的奔赴、亲昵、融入的精神意愿。这种对自然的奔赴、亲昵、融入，以及在这一过程中获得的自由、愉悦、宁静、淡泊，贯穿在张明辉的自然诗篇中，既在一定程度上疗愈了上面提及的诗人尘世生活的畸零感和孤独感，又作为一种风格化的品性，规定了诗人自然主义的美学面貌。

自然作为一种生存的大环境，作为一切风景和背景的缘起，向来就是一间洗濯精神、涤荡身心、滋育美感的露天课堂；诗人徜徉在自然山水中，流连在草木禽虫间，身心被滋养和灌溉，自能获得一种自我净化与升华，实现一种自我教育："祁连山的冰雪封冻千年/在雄关面前，唯有匍匐才是应有的样子"（《嘉峪关》）；"在油桐花瓣落下的一瞬/我是如此地小心翼翼/生怕踩伤了它/我伏低身姿，遍寻落花/目光随流水远足"（《灵峰山谷》）……这种精神姿态上的谦卑、悲悯，这种美学品性上的素朴、明净，当然来自自然的教诲与指引，它让诗人在物我关系的调试中处在一种无比舒展、和谐的氛围里。诗人将自己交付给大自然，在安顿身心、调试姿态的同时，也深刻感触到了自然之精神与美的馈赠。而这种对"自然风景"的再现方式，不管是人与景彼此相融，还是人在景中顿悟，都成了诗人灌注自我心性的审美化表达。风物本身自在的"物性"与诗人感触风物时的"心性"相互化合而又各自升华，彼此互融一体而又本性自现，从而抵达了一种海德格尔意义上的澄明之境。所谓"心性本自在，隐于碎叶间"（《大雪日》），这一富有禅偈意味的诗句，正是诗人在自然的神殿里体悟生命和修习本心的自然流露与生动呈示。

张明辉诗中写过许多知名不知名的鸟，其中"白鹭"显然是诗人着力勾画和重点寄意的意象。在诗人笔下，白鹭是"树的精灵"（《鸟叫醒山谷》），是"圣洁天使"（《白鹭还乡》），拥有"旋转舞步"和"曼妙的身姿"（《在水汀，遇见一只白鹭》），优雅、高贵、闲适、自在，是江南风物之美的代表，也是自然之精魂的化身。因此，在诗人的眼中，白鹭的孤单即是自然的孤单，白鹭的惊恐、无助即是自然的惊恐、无助，白鹭掠过大地，即是自然的精灵在守望故乡："白鹭在我眼前升起/振翅，孤悬"（《在林野》）。这是一个倾注了诗人几乎所有的美学热情的形象，承载着诗人的热爱、关怀与向往，可精准对接自然主义者笔下一般的主题。比如，在《白鹭还乡》这首诗中，诗人表达了对农耕文明世界逐渐消逝的怅惘与失落："这是从前见到的那只白鹭吗/振翅的模样，像极了/曾经相见的那一只/那时候的天可真蓝哪""荷塘里长出鲜美的菱角/低矮的橘树结出金黄的果子/葡萄藤沿着墙角的木架蔓延/鸡鸭在晒谷场上觅食/麻雀扑腾着翅膀跌落在屋檐下/河岸边的桑树发出沙沙的声响/竹林间传来幼雀的稚啼/我在河岸边奔跑/此刻，回到了记忆的原点"——这种对过往传统乡村生活的回望与悼挽，正与其所推尊的美学趣味相互呼应，处处透示出一种田园牧歌式的抒情笔调。另一首《从前的白鹭》也是如此。这里所谓的"从前"，所谓"记忆的原点"，乃在"现代"以前，在传统生活与审美的根柢处，"白鹭"于是就此成了前现代文明、文化、美学集中折射出来的典型象征；而诗中"白鹭"流亡者的命运，它的孤独喉鸣，正是诗人题献给"昨日的世界"的一曲挽歌、一纸悼书。

当然，我相信，张明辉在葆有一种纯正、朴素的艺术风貌的同时，仍然可以在诗学的自我想象方面走得更远，比如突破保守主义或者古典主义的诗学阈限，在与时代的争执和激辩中发展出某些精神主题——其中的关键就在于诗人以何种眼光和怀抱去介入对自然山水的检视与洞察，怎样在与自然山水的接触中不断更新感受力的结构和方式，以在诗歌的精神赋形中真切回应那些来自历史的重力与震荡。更具体地来说，就是继续努力拓展诗歌语言的表现力和修辞域面，强化两大题材类型互渗互融、碰撞激变的可能性，朝向一种更博大、更浑融、更有力、更具辨识度的境界不断迈进。王阳明《传习录》有言道，"持志如心痛"，而诗道无涯，写诗即是修行，持志向前，一苇渡海，这就是诗人的使命——就此而言，张明辉依然在不断奔赴的途中。

（赵学成，80后，豫人，写诗，兼事批评。）

图书在版编目（CIP）数据

身外之物 / 张明辉著. -- 武汉：长江文艺出版社，
2024.7
ISBN 978-7-5702-3471-4

Ⅰ. ①身… Ⅱ. ①张… Ⅲ. ①诗集－中国－当代
Ⅳ. ①I227

中国国家版本馆 CIP 数据核字（2024）第 006312 号

身外之物
SHEN WAI ZHI WU

责任编辑：谈　骁　　　　　　　责任校对：毛季慧
封面设计：祁泽娟　　　　　　　责任印制：邱　莉　　王光兴

出版：长江出版传媒 ⎮ 长江文艺出版社
地址：武汉市雄楚大街 268 号　　　邮编：430070
发行：长江文艺出版社
http://www.cjlap.com
印刷：湖北恒泰印务有限公司

开本：880 毫米×1230 毫米　　1/32　　印张：6.125
版次：2024 年 7 月第 1 版　　　2024 年 7 月第 1 次印刷
行数：3540 行

定价：58.00 元